A Sonia, que cada día pinta los ojos de su hija de color verde.
A Gabriel, Gonzalo y Olivia, que me enseñan cada día lo que es una infancia feliz.

- Jimena Licitra -

Con ojos de niño

Calle Claveles, 10 | Urb. Monteclaro | Pozuelo de Alarcón | 28223 | Madrid | Spain
www.cuentodeluz.com

ISBN: 978-84-15784-48-7

Impreso en China por Shanghai Chenxi Printing Co., Ltd. julio 2015, tirada número 1526-1

Con ojos de niño

Jimena Licitra * Susana Rosique

José Luis era un niño alegre con los ojos de su color favorito. Vivía con sus padres en una casa de color **verde**, con un jardín pequeño pero entrañable, que estaba decorado con flores de papel, dibujos que él había ido haciendo durante sus seis años de vida para su papá y su mamá y que despedían un aroma muy agradable.

Cuando José Luis se levantaba por la mañana, papá le preparaba su desayuno favorito y mamá le metía en la mochila plátanos con su nombre tatuado, sándwiches personalizados con dibujos o galletas caseras con forma de corazón.

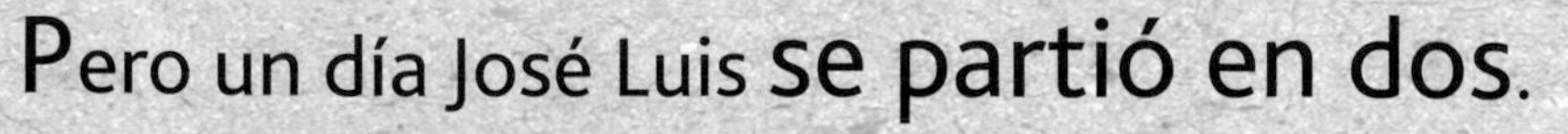

Pero un día José Luis se partió en dos.

Pasó de repente. Por la noche, sus padres se sentaron con él en el sofá a contarle un cuento que, más que cuento, se convirtió en pesadilla y, por la mañana, José Luis se despertó partido en dos.

Ahora ya no era José Luis, sino José y Luis.
José se quedó con mamá y Luis con papá.

José y Luis tenían cada uno su propia casa. José se quedó viviendo en aquella casa verde, que ahora era de un color verde opaco.

Luis, en cambio, se mudó a un departamento gigantesco de color azul, un ático en uno de los edificios más altos de la ciudad. Desde allí podía ver la casa verde como un punto distante en el horizonte. Solo veía un puntito verde, verde opaco.

La mamá de José le hacía ahora unos desayunos fantásticos y le llenaba la mochila de galletas caseras, bizcochos de chocolate, plátanos tatuados con su nombre o dibujos divertidos. Pasaba con él horas y horas, ayudándolo con los deberes, recogiéndolo del cole, leyéndole cuentos.

Pero José se sentía triste, incompleto, y lloraba muchas veces. Tanto, que en sus ojos ahora podía verse el mar.

El papá de Luis también hacía unos desayunos deliciosos y aprendió a preparar su mochila del cole con sándwiches con caritas divertidas y auténticos manjares que horneaba él solo por las noches, cuando volvía del trabajo. Le dedicaba todo el tiempo del mundo, pero no era suficiente.

Luis también se sentía triste, incompleto, y lloraba muchas veces. Tanto, que ya no le quedaban lágrimas que derramar, y en sus ojos podía verse el desierto.

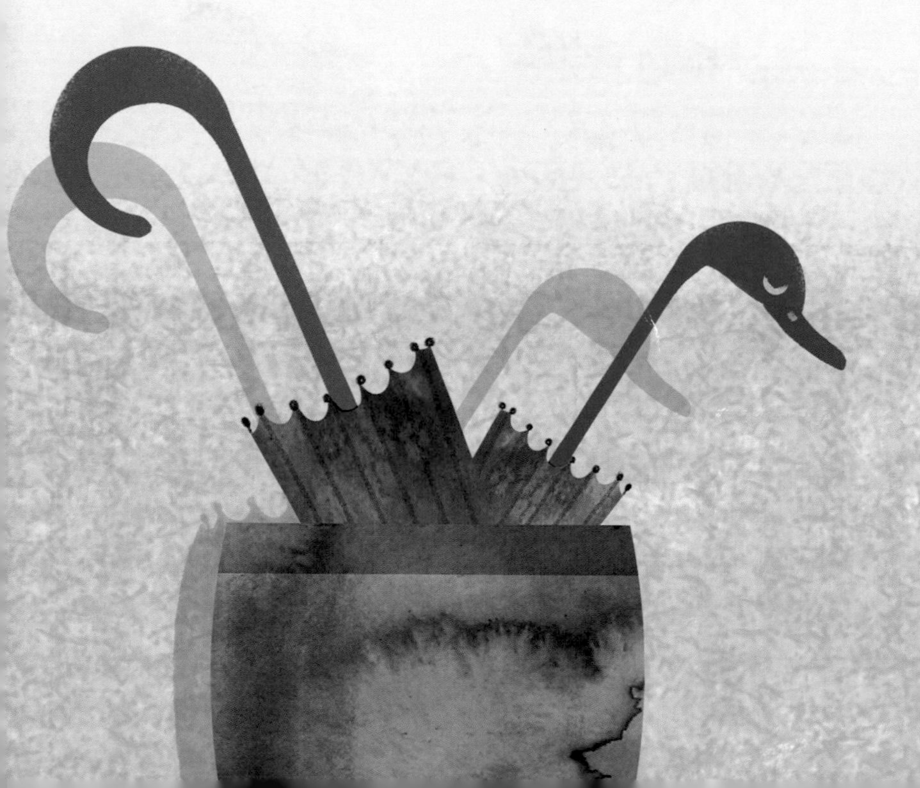

Para intentar traer más luz al hogar, la mamá de José decidió pintar la casa de otro color. José y ella eligieron un tono amarillo precioso. Ahora la casa brillaba con luz propia.

Era como si las paredes de la casa se hubiesen tragado un sol entero. Pero José seguía sin sonreír, y con los ojos del color del mar.

El papá de Luis decoró el departamento azul con flores de papel hechas por los dos juntos con ceras, lápices, acuarelas... Unas flores preciosas, pero les faltaba ese aroma a mamá que Luis añoraba.

Y Luis seguía sin sonreír, y con los ojos de color arena.

José y Luis no estaban muy contentos, no tanto como cuando eran un único niño. Sus padres ya no sabían qué hacer para que volvieran a sonreír. Les compraban coches, puzles, películas, ropa de sus personajes favoritos... Y nada. Los llenaban de besos y abrazos de oso... Y nada.

Así que la mamá de José y el papá de Luis decidieron que había llegado la hora de remendar el asunto. Acordaron tener a los dos niños a la vez para ver si, juntando las dos partes, podían reconstruir a aquel niño tan risueño que vivía en la casa verde.

Los lunes, miércoles, viernes y sábados la mamá de José cosía y cosía las dos mitades. Los martes, jueves y domingos el papá de Luis les ponía pegamento, para intentar sellarlas.

Pero el problema era que no se ponían de acuerdo, y por separado no conseguían remendar a José Luis. La mamá de José cosía por la mañana y el papá ponía pegamento por la noche, pero para entonces las costuras ya se habían abierto y el pegamento solo no era suficiente para mantener las dos mitades en su sitio.

No cabía duda de que los padres de José Luis adoraban a su hijo, a pesar de que ya no pudieran vivir todos juntos. Por eso, un día decidieron aunar sus fuerzas para que las dos mitades se pudieran unir y sellar para siempre.

Ya no se limitaban a entregarse a José y a Luis sin mediar palabra, sino que se quedaban unos minutos conversando sobre cómo habían ido las cosas los días que no habían visto a su hijo. Y aprovechaban esos ratitos muy bien, la mamá para coser y el papá para poner pegamento.

Cada día José y Luis se iban sintiendo más unidos y, al cabo de unas semanas, las dos mitades se fundieron del todo.

José Luis había vuelto a aparecer.

Ahora tenía dos casas: una casa amarilla preciosa y un departamento azul luminoso con vistas, pero sus papás seguían queriéndolo igual que antes, y eso se notaba en sus brillantes ojos de color verde, su color favorito.

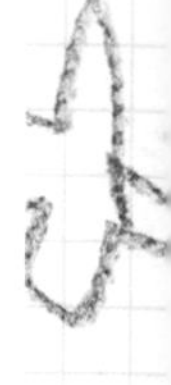

NOTA DE LA AUTORA

Soy hija de padres separados. Desde muy pequeña tuve que repartirme entre dos hogares. Mi madre vivía en un departamento pequeño; mi padre, en una casa con jardín. Todo en mi vida era por mitades: mitad de los fines de semana con uno, la otra mitad con el otro; mitad de las vacaciones con uno, la otra mitad con el otro; mitad de la ropa en un sitio, la otra mitad en el otro; mitad de mis hermanos en una casa, la otra mitad en la otra. Tuve y tengo medios hermanos por ambas partes, pero para mí siempre han sido hermanos completos. Tan completos como yo cuando crecí y entendí que el hecho de que mis padres se hubieran separado y prácticamente no se hablaran no significaba que yo me hubiera partido en dos. Aunque a veces me sintiera dos niñas distintas.

Esta historia estuvo dando vueltas en mi cabeza durante mucho tiempo, hasta que por fin una niña de ojos verdes la inspiró. Una niña que, como José Luis, parecía haberse convertido en dos niñas diferentes: la que se iba con su papá y la que se quedaba con su mamá. Como si se hubiera partido en dos para repartir su cariño a partes iguales. Como si el silencio que reinaba entre sus padres hubiera dibujado una frontera que una parte de sí no podía cruzar. La niña de mamá no se llevaba sus vivencias consigo al irse con su padre; la niña de papá dejaba en su segundo hogar lo que allí vivía.

Tarde o temprano todos los hijos de padres separados unimos nuestras dos mitades. A veces solos (tardamos más, pero ocurre) y, a veces, gracias a la comunicación entre nuestros padres. Sentirnos un todo otra vez nos permite ser felices aunque nuestros papás se hayan separado. No olvidemos que son ellos los que se separan, no nosotros, los niños.